¡VOTA!

por Diana G. Gallagher

ilustrado por by Brann Garvey

D1371930

Publica la serie Claudia Cristina Cortez por Stone Arch Books
una imprenta de Capstone,
1710 Roe Crest Drive
North Mankato, Minnesota 56003
www.capstonepub.com

Library of Congress Cataloging-in-Publication Data
ISBN 978-1-4965-8543-1 (hardcover)
ISBN 978-1-4965-8586-8 (paperback)
ISBN 978-1-4965-8562-2 (ebook pdf)

Resumen:
Claudia es la jefa de campaña de su amigo Peter. Los demás candidatos juegan sucio
para ganar la presidencia de la clase. ¿Podrá ganar Peter sin jugar sucio?

Director creativo: Heather Kindseth
Diseñadora: Kay Fraser

Fotografías gentileza de:
Delaney Photography, cover, 1
Translated into the Spanish language by Aparicio Publishing

Printed and bound in the USA.
PA70

ÍNDICE

Personajes

YO

CLAUDIA

Esta soy yo. Tengo trece años y estoy en séptimo grado, en la escuela secundaria Pine Tree. Vivo con mi mamá, mi papá y mi hermano Jimmy. Tengo un gato, Ping-Ping. Me gusta la música, el béisbol y pasar tiempo con mis amigos.

MÓNICA

MÓNICA es mi mejor amiga. Nos conocimos cuando éramos muy pequeñas y desde entonces somos grandes amigas. ¡No sé qué haría sin ella! A Mónica le encantan los caballos. De hecho, cuando sea grande quiere participar en las Olimpíadas como jinete.

BECCA

BECCA es una amiga muy cercana. Vive al lado de Mónica. Becca es muy pero muy inteligente. Saca buenas notas, y también es muy buena en el arte.

ADAM

ADAM y yo nos conocimos en tercer grado. Ahora que somos adolescentes no pasamos tanto tiempo juntos como cuando éramos niños, pero siempre puedo contar con él cuando lo necesito. (Además, ¡es la única persona que quiere hablar de béisbol conmigo!).

TOMMY es el payaso de la clase. A veces es muy gracioso, pero otras veces es un pesado. A Becca le gusta mucho… pero yo me lo callo.

Creo que **PETER** podría ser la persona más inteligente que conozco. En serio. ¡Es más inteligente que los maestros! Además, es amigo mío, lo que es una gran suerte pues a veces me ayuda con la tarea.

En cada escuela hay un matón o matona, y en la nuestra tenemos a **JENNY**. Ella es la más alta de la clase, y también la más odiosa. Siempre amenaza con pisotear a los demás. Hasta ahora nadie la ha visto hacer eso, ¡pero eso no quiere decir que no lo haya hecho!

ANNA es la chica más popular de la escuela. Todos quieren ser su amigo. Yo creo que es rara, porque puede ser muy pero muy antipática. Yo generalmente ni me le acerco.

Personajes

CARLY es la mejor amiga de Anna.
Siempre trata de actuar exactamente igual que ella.
Hasta usa la misma ropa. Conmigo nunca ha sido
antipática, ¡pero tampoco ha sido simpática!

NICK es mi vecinito pesado de siete años.
Muchas veces tengo que servirle de niñera.
Le encanta hacerme pasar malos ratos.
(Bueno, NO SIEMPRE es tan malo…
solo casi siempre).

BRAD es la estrella de fútbol americano
de la escuela. Es muy popular, muy simpático
y muy guapo. Y también muy divertido.
Si esto suena a que estoy enamorada de él,
es porque es así. Las únicas que saben que
me gusta mucho son Mónica y Becca, pero
nunca lo hubieran imaginado.

SYLVIA quiere ser amiga de Anna. No sé por qué, ya que Anna no es muy simpática con ella.

La **SRTA. STARK** es mi maestra de historia. También es mi maestra de grado. Es muy buena y piensa que soy una buena estudiante.

JIMMY es mi hermano mayor. No me meto con él y él no se mete conmigo.

El **DIRECTOR PAUL** es el director de la escuela. ¡Por suerte, nunca he tenido que ir a su oficina!

CAPÍTULO 1

¡Por favor, Peter!

En la escuela intermedia Pine Tree se hacen cosas que no se hacen en la escuela primaria:

1. Puedes cambiar de salón entre clase y clase.

2. Puede sentarte donde quieras en el almuerzo.

3. No tienes que caminar en fila.

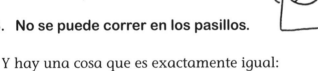

Pero algunas cosas son iguales:

1. Matemáticas e inglés son materias obligatorias.

2. No se permite usar camisetas con inscripciones.

3. No se puede correr en los pasillos.

Y hay una cosa que es exactamente igual: las elecciones.

Como dice mi papá: "**Hay cosas que nunca cambian**".

Cuando la **Srta. Stark** anunció que al día siguiente comenzaría la temporada de elecciones para séptimo grado, no fui la única que se quejó.

Adam también lo hizo. Mónica levantó los ojos.

Becca suspiró.

Tommy es el payaso de la clase.

Levantó los ojos, suspiró y GIMIÓ.

—Mañana, durante el almuerzo,
pueden nominar a sus candidatos —dijo la Srta. Stark.

* * *

—¿Por qué tenemos que lidiar con una elección?
—les pregunté a Mónica y a Becca cuando íbamos
a la clase del primer periodo.

—Las elecciones son para elegir al **presidente**
de la clase —dijo **Mónica.**

—Pero siempre se postulan los mismos
—le recordé—. Y uno de ellos siempre gana.

—Y después, el **ganador no hace su trabajo**
—dijo Becca.

—Es verdad —asintió Mónica—. ¿Por qué
hacen eso?

—No lo sé —contestó Becca—. Pero me molesta.
Pasamos mucho tiempo pensando en la elección,
pero después a nadie le importa lo que pasa.

Suspiré y dije:

—Es porque todos se postulan con malas intenciones.

Malas intenciones por las que la gente se postula

Anna Dunlap (nuestra popular princesa): Piensa que es la mejor de todas en todo. Cuando ganó en quinto grado, pensaba que había sido elegida reina.

Jenny Pinski (nuestra matona): Se postula para que todos se pongan nerviosos. Fue una gran sorpresa que el año pasado ganara. A las dos semanas, renunció. Brad Turino ocupó su puesto.

Brad Turino (nuestro deportista estrella): Piensa que si gana es porque es una persona que les agrada a todos. Y es verdad que a todos nos agrada Brad. Es guapo, simpático y gran deportista. Fue presidente en cuarto grado, y reemplazó a Jenny cuando ella renunció.

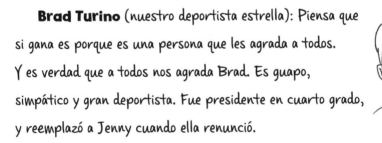

—Pienso que séptimo grado debe votar por alguien que pueda ser el mejor presidente de la clase —les dije a mis amigas—. No se trata de votar por el más POPULAR o el MÁS ATRACTIVO.

—Sí, pero ¿por quién? —preguntó Mónica.

Yo tenía una idea, pero no dije nada. No quería traer mala suerte. A lo mejor era una idea muy LOCA.

***

Después de la escuela, encontré a mi amigo **Peter** en la biblioteca.

Me senté a su lado, tomé aliento y dije:

—Peter, creo que deberías postularte para presidente de la clase.

Peter es tímido y a veces tartamudea. ¡Estaba tan SORPRENDIDO que no podía hablar! Solo me miraba.

—En serio —continué—. Necesitamos a alguien que haga un buen trabajo. Tú eres esa persona.

Peter pestañeó.

—Yo puedo ser tu jefa de campaña.

Finalmente, Peter pudo hablar.

—No puedo, Claudia.

—¿Por qué? —pregunté—. Eres el chico más inteligente de toda la escuela.

—Ya sé —suspiró—. Siempre se burlan de mí por usar mi cerebro. Pero lo que ocurre es que se me **traba la lengua** cuando hablo con extraños.

—Solo tienes que darles la mano y sonreír —dije.

Peter frunció el ceño, pero parecía que lo estaba considerando.

—Ser el presidente de la clase sería muy bueno para tu **currículum** —agregué. La mayoría de los estudiantes de escuela intermedia se preocupan cada vez que van a recibir la libreta de calificaciones. Y Peter quiere entrar a una buena universidad.

—Buen detalle —dijo Peter—. No es suficiente con tener A en todo y estar en el club de ciencias.

—Además, tú no haces **deportes** —dije.

Peter asintió. Luego suspiró y negó con la cabeza.

—Lo siento, Claudia. Sería demasiado **humillante** si perdiera.

—Es posible que no pierdas —dije—. No lo sabrás hasta que no pruebes —sabía que lo estaba forzando demasiado, pero era un asunto importante.

Peter se quedó pensando un rato. Tenía la frente fruncida, lo que me indicaba que estaba pensando intensamente.

—Muy bien —dijo finalmente—. Voy a postularme, pero tienes que prometerme una cosa.

—¿Qué? —le pregunté. Contuve la respiración.

—Si me nominas, no quiero que le pidas a nadie que te secunde —me dijo—. Ni siquiera a mis amigos.

Me había olvidado sobre **secundar.** Nominar a alguien no era suficiente. Cuando se elige a un candidato, también debe haber otra persona que apoye tu decisión. Eso se llamaba **secundar.**

Era extraño que Peter no quisiera que sus amigos secunden su nominación.

—¿Por qué? —le pregunté.

—Quiero que secunden porque creen que seré el mejor presidente, no porque sean amigos míos —me explicó.

A mí eso no me preocupaba. Todos los nominados son secundados. SIEMPRE. No había de qué preocuparse.

Levanté la mano.

—Lo prometo —dije.

Peter y yo hicimos el acuerdo. Y todo el mundo sabe que **cuando Claudia Cristina Cortez hace una promesa, la cumple.**

CAPÍTULO 2

¿Alguien quiere secundar?

Al día siguiente, a la hora del almuerzo, Peter y yo nos sentamos con nuestros amigos.

Nadie sabía que yo iba a nominar a Peter para presidente de la clase.

—Ayer, en la práctica de fútbol americano, me patearon —contó **Adam**—. ¡Tres veces!

—Con razón Los Pumas siembre pierden —dijo Tommy—. Controlan mal la **PELOTA** y a los muchachos.

—Los Pumas no pierden siempre —dijo Mónica, frunciendo el entrecejo.

Mónica y yo éramos mejores amigas desde kindergarten. Siempre me sigue en mis **locas ideas** y no se enoja si nos metemos en problemas.

—En realidad, Tommy no quiso decir **siempre** —dijo Becca.

—Exacto —asintió **Tommy**—. Quise decir casi siempre.

Becca se rio.

Becca es mi otra gran amiga. Está enamorada de Tommy, pero solo lo sabemos Mónica y yo.

—Ahí está el **director Paul** —dijo Mónica, señalando a la cafetería.

Sentí **mariposas en el estómago.** Era hora de nominar a los candidatos a presidente de la clase.

Peter se acomodó los anteojos.

Luego se sentó bien derecho e inmóvil.

Uno de los jugadores de fútbol americano nominó a **Brad Turino.** Todo el equipo levantó la mano para secundarlo. Eso quería decir que Brad estaba postulado para presidente.

Los chicos siempre votan por Brad porque es un buen atleta. El cree que es **algo así como un héroe.**

—Brad está muy ocupado con los deportes. El año pasado fue solamente a tres reuniones —dijo Mónica—. ¿Qué clase de presidente es ese?

—Uno **que nunca está** —bromeó Tommy—. Brad no falta por enfermedad. Falta por deporte.

Todos nos reímos.

Después, Carly Madison nominó a Anna Dunlap.

Todos nos quejamos.

Anna es la chica más popular de la escuela.
No sé por qué. En realidad, no le gusta a nadie.
Anna es mandona y ordena que los demás
hagan todo. Sin embargo, casi todas las chicas
votan por ella.

La chica que nominó a **Jenny Pinski** parecía
un poco asustada. Todos le temen a Jenny.
Por eso consiguió un montón de votos.

Jenny siempre amenaza con pisotear
a los chicos que la hacen enojar. Y si alguien
no votara por ella, eso la haría enojar.

Nunca voté por Jenny. Supongo que
nunca se enteró, ya que nunca me PISOTEÓ.

(En realidad, yo no sabía si Jenny había pisoteado
alguna vez a alguien, pero ¿quién se quiere arriesgar?).

—¿Alguien más? —preguntó el director Paul.

Peter tragó saliva.

—Nomino a **Peter Wiggins** —dije en voz alta.

La cafetería entera quedó en silencio.

—**Excelente** elección, Claudia —dijo el **director** sonriendo.

¡Casi me caigo de la silla! El director Paul jamás sonríe. Tampoco frunce el ceño. Por lo general, no se puede decir si está **ENOJADO** o **CONTENTO**.

—¿Alguien secunda la nominación de Peter? —preguntó.

Tommy iba a levantar la mano.

—No —le dije. Miré a los chicos de nuestra mesa—. Ninguno de nosotros puede hacer eso. Peter quiere que sean otros quienes lo hagan.

Mis amigos estaban **confundidos,** pero no levantaron la mano.

Peter volvió a acomodarse los anteojos. Hace eso cuando está nervioso.

Se me retorció el estómago. Eso me pasa cuando estoy nerviosa. Si alguien no levantaba la mano inmediatamente, Peter no podría postularse para presidente.

Pasaban los segundos.

Tic tac... tic tac... tic tac... ¡TIC TAC!

Todos miraban alrededor en la cafetería.

Bueno —dijo el director Paul—. Si nadie secunda...

—¡Yo! —dijo Kyle Larson, poniéndose de pie. **Kyle** es el chico más bajo de la escuela. Es difícil verlo, aunque esté de pie—. Yo secundo su nominación —dijo en voz alta.

—¡Eso! —grité. Ya era **oficial**. Peter ya era candidato a presidente de séptimo grado.

—Buena suerte en sus campañas —dijo el director Paul—. Recuerden: cada candidato debe preparar un discurso para la asamblea de profesores y alumnos, que va a tener lugar este jueves. Y se espera que todos voten; la elección será el viernes de la semana próxima.

Peter parecía preocupado.

—No te preocupes —le dije—. Con Claudia Cortez de jefa de **campaña,** ¡todo va a salir muy bien!

JEFA DE CAMPAÑA
CLAUDIA

Por un segundo no estuve tan segura.

El comité de campaña

Todos los amigos de Peter querían colaborar en la campaña. Peter estaba **ENTUSIASMADO.**

—¡Necesito mucha ayuda! —nos dijo.

—Tengamos una reunión en mi **casita del árbol** después de la escuela —dije.

Mi papá construyó la casita para Jimmy, mi hermano, cuando este era muy pequeño. Ahora tiene dieciséis años y ya no le interesa; pero a mí sí. Sería una sede de campaña ideal.

—¿Qué debemos hacer primero? —preguntó Peter.

—Debemos hacer carteles que digan **¡Vota por Peter!** —dije—. Será la propaganda de tu campaña.

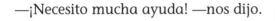

Después de la escuela, Becca y yo fuimos juntas a mi casa. Antes pasamos por la suya para buscar **cartulinas y rotuladores.** Becca quería ser **ARTISTA,** por eso siempre tenía materiales apropiados.

Becca tenía ideas para los carteles.

Los carteles de Peter debían:

* Ser grandiosos

* Ser coloridos

* Ser divertidos

* Tener su cara por todas partes

* ¡Hacer que gane!

Cuando llegamos a mi casa, Peter estaba esperando en el jardín. Pero estaba solo. Adam, Tommy y Mónica no habían llegado.

—Estoy segura de que tienen una buena razón para no estar aquí —dije.

—Probablemente —dijo Peter. No lo dijo muy convencido.

—¡Claudia! —llamó mi mamá desde la puerta trasera.

Le di a Peter los útiles de arte. Él y Becca se fueron a la casita del árbol.

Cuando entré a la cocina, tuve un mal presentimiento. Y mi mal presentimiento era cierto. Mamá quería que cuidara a Nick.

Nick Wright tiene siete años.

Es 𝔻𝔼𝕊𝔸𝔾ℝ𝔸𝔻𝔸𝔹𝕃𝔼. Es molesto.

Es **absolutamente maleducado.** Es mi vecino de al lado.

La mamá de Nick es una persona muy ocupada, por eso él pasa mucho tiempo en nuestra casa. Lo tengo que cuidar casi todos los días. Mi mamá me paga **$2.00** por hora, pero no es suficiente. Ni **un millón de dólares** por hora serían suficientes por cuidar a Nick.

—Nick, estoy en una reunión del comité de campaña —le dije, acompañándolo al jardín—. Pórtate bien, ¿de acuerdo?

—¿Qué es una campaña? —me preguntó.

—Todo lo que tenemos que hacer para que Peter sea elegido presidente de séptimo grado —le expliqué—. En el comité están todos sus amigos.

—¿Qué es un comité? —preguntó Nick.

—La gente que ayuda a Peter —expliqué.

—¿Qué es "gente"? —preguntó.

Levanté los ojos.

—Ya empezaste a ser **molesto** —le dije.

Nick y yo subimos a la casita del árbol.

—¿Qué pasa? —preguntó Peter.

—Tengo que cuidar a Nick cuando mi mamá está ocupada —le dije.

—¿Ahora? —preguntó Becca, resoplando—. Estamos haciendo algo **importante**.

Mis mejores amigos sabían cómo era Nick. Es famoso por ser la peste del vecindario.

Nick miró a Becca y luego a mí.

—¿Estos son todos los amigos de Peter? ¿Este es todo el comité? ¿Solo ustedes dos? —preguntó.

—No. En el comité hay cinco personas —le dije.

—Pero tres no pudieron venir —agregó Becca.

—Es una mala señal, ¿no? —dijo **Peter.** Se notaba preocupado—. Quizás debería **DIMITIR** ahora, antes de que empiece la campaña.

Nick rio y empezó a canturrear:

—Peter dimite. **Peter dimite.**

—Basta, Nick —le grité—. Eso no está bien.

—**No te enojes con Nick** —dijo Peter—. Tiene razón.

Nick pestañeó.

—¿En serio? —preguntó en voz baja. Peter asintió con la cabeza.

—Si me retiro ahora, los chicos de la escuela pensarán que soy un cobarde —explicó.

—Tienes razón. **Dimitir** podría ser peor que **perder** —dije.

—Entonces, Peter, ¿te postulas o dimites? —preguntó Nick.

—Me postulo —respondió Peter—. Ey, Nick, ¿me quieres ayudar en la campaña?

Becca y yo no pudimos hacer otra cosa que sacudir la cabeza como locas. Nick es ruidoso y nunca estará sentado por mucho tiempo. **Miente** para no meterse en problemas y **rompe cosas.** Creo que Peter no sabía eso. O quizás no le importaba.

A Nick se le iluminaron los ojos.

—¿Puedo? ¿En serio? —preguntó.

—Claro —dijo Peter—. Estamos haciendo carteles.

—¡Estupendo! —exclamó Nick— Se sentó al lado de Becca. Ella le dio una caja de marcadores. Nick esperó... ¡callado!

Yo estaba sorprendida.

—Tenemos ESLÓGANES para los carteles —dijo Becca.

—Tienen que ser **honestos** —dijo Peter.

—¿Totalmente honestos? —pregunté. Sabía que los otros chicos probablemente **mentirían** para obtener votos. Pero esta era la campaña de Peter. Y él tenía la última palabra.

—Totalmente —dijo. Organizó los útiles de arte. Luego sacó los marcadores de la caja y los puso de nuevo dentro.

—¿Qué haces? —preguntó Nick.

—Los acomodo siguiendo el **orden de los colores del arco iris** —explicó—. Rojo, anaranjado, amarillo, verde, azul y morado.

Nick también puso sus marcadores en el orden del arco iris.

—¿Te gusta esto? —preguntó Becca, sosteniendo un papel que decía:

¡Es un cerebro! ¡Usa anteojos!

Es torpe y tímido.

Vota por Peter para presidente,

el candidato más querido.

—Becca, sabía que eres una gran artista —dijo Peter—.
¡Pero no sabía que además eras una gran poeta!

—¡Me encanta! —exclamé.

—Aquí tengo otro —dijo **Becca,**
sosteniendo otro papel.

No es el más atractivo,

pero sí el más inteligente.

Es bueno y honesto,

¡Peter presidente!

—¡Perfecto! —dijo Peter.

Luego, todos comenzamos a hacer carteles.

Cada persona tenía su estilo. Mis letras eran grandes
y marcadas. Becca les hacía colitas a las mayúsculas.

Peter hacía todas las letras del mismo tamaño. Nick hacía

algunas letras **invertidas**, pero no le dijimos nada.

Era interesante que cada cartel fuera **diferente**.

Lo pasamos muy bien. Me encantaron los eslóganes que escribió Becca. Todos hicimos carteles **atractivos** y **coloridos**. Tampoco nos enojamos mientras Nick cantaba los eslóganes sin parar, durante toda la tarde.

De hecho, ¡todos empezamos a CANTAR!

CAPÍTULO 4

Robo de eslóganes

El miércoles por la mañana, Becca, Peter y yo llegamos a la escuela temprano. Queríamos colgar los carteles de Peter antes de que **sonara el primer timbre.**

Mónica, Adam y Tommy también llegaron.

—¿Dónde estuvieron ayer? —les pregunté.

—Tuve práctica de fútbol americano —dijo Adam—. Si falto a la práctica, el entrenador no me deja jugar el partido del sábado. Y hasta me puede expulsar del equipo. Lo siento, Peter.

—Yo tuve una **cita con el dentista** —explicó Mónica—. Peter, créeme que hubiera preferido estar haciendo tus carteles.

—Yo también —dijo Tommy—. Mi mamá me **hizo cortar el césped.**

—Está bien —dijo Peter—. Ahora están aquí.

—Empecemos antes de que ocupen los mejores lugares —dije. Una buena jefa de campaña hace que las cosas **AVANCEN.**

Primero, fuimos al **tablero de anuncios**

que está a la entrada de la cafetería.

Todo el mundo lee lo que hay allí.

Pero **Sylvia** había llegado primero. Eso eran

malas noticias. Sylvia era 𝔽𝔸𝕄𝕆𝕊𝔸 por ser **muy, muy lenta.**

Estaba colgando el cartel de Anna muy lentamente.

—¿Vas a tardar mucho, Sylvia? —le pregunté.

En el tablero de anuncios había lugar para otro cartel.

—Solo unos segundos —dijo, posicionando

el cartel de Anna.

Luego, con cuidado, le puso una tachuela. Luego agarró

otra tachuela. Lo hizo todo en **cámara lenta.**

No lo hacía a propósito. Era así de lenta.

Así era siempre.

—Tómate el tiempo necesario —dijo Tommy.

Mónica lo golpeó en las costillas.

—Claro que lo haré —dijo Sylvia—.

Anna quiere que todo esté perfecto.

Sylvia hace todo lo posible

para agradarle a Anna. Pero no funciona.

Anna la ignora todo el tiempo.

—Listo, terminé —dijo Sylvia finalmente.

Se alejó un poco para que pudiéramos ver el **cartel**.

A Peter, a Becca y a mí se nos cortó el aliento.

El cartel de Anna decía:

Es bonita e ingeniosa,

¡una esnob popular!

¡Anna presidente!

¡la mejor para trabajar!

Las palabras eran distintas pero el mensaje
era el mismo. Era honesto con lo que decía de Anna. ¡Igual
que nuestro cartel era **honesto** con lo que decía de Peter!

—¿Y aquel qué dice? —preguntó Adam, preocupado,
señalando la pared.

Carly, la mejor amiga de Anna, estaba frente
a la oficina del director. Colgó un cartel y se fue.

Todos fuimos a verlo.

Es linda y atractiva,

y bastante inteligente,

es honesta y cariñosa,

¡Anna Presidente!

¡El eslogan de Anna es como el de Peter!
—exclamó **Becca.**

—¿Cómo puede ser? —preguntó Mónica.

—No sé —dije—. Pero algo
𝕳𝖀𝕰𝕷𝕰 𝕸𝕬𝕷.

—Ahora no podemos colgar mis carteles
—dijo Peter.

—¿Por qué? —preguntó Adam.

—Porque **todos** van a pensar que le copié a Anna
—explicó.

Peter tenía razón. Nadie iba a acusar a la chica
más popular de la escuela de 𝕮𝕺𝕻𝕴𝕬𝕽𝕾𝕰.

—¿Y ahora qué hacemos? —dijo Tommy gesticulando
con las manos.

—Más carteles —dijo Peter.

Adam hizo un gesto de dolor.

—Estuve practicando todo el día —dijo.

—Mi mamá va a ir a la **peluquería** —dijo
Mónica—. Debo cuidar a mi hermanita.

—Y yo tengo que cortar el césped —dijo Tommy con un suspiro—. Ayer solo corté la mitad.

—Está bien —dijo Becca—. Igualmente necesitamos más eslóganes antes de hacer los carteles.

Yo tenía que averiguar cómo había hecho Anna para enterarse de los eslóganes de la campaña de Peter.

CAPÍTULO 5

Fuga de información

Después de la escuela, caminé a casa con Becca. Pensaba en el misterio del eslogan robado.

—¿Cómo pudo averiguar Anna los eslóganes de Peter? — pregunté en voz alta. Era imposible que alguien nos hubiera escuchado. ¡Estábamos en la casita del árbol!

—Ya sé —asintió Becca—. Por eso es el lugar perfecto para reunirse.

Solo había una explicación para lo que había ocurrido.

Alguien de nuestro comité se lo había dicho a Anna o a alguien de su comité.

—¿Hablaste con alguien de tus ideas para los carteles? —le pregunté.

—¡No! —dijo Becca. Se detuvo y me miró directamente—. No PRESUMÍ ni SOLTÉ LA LENGUA con Anna, ni con sus amigos, ni con nadie más. ¿Cómo puedes pensar eso?

—No digo que lo hayas hecho a propósito —le expliqué.

Becca estaba demasiado MOLESTA como para escucharme.

—Ya no quiero trabajar en la campaña de Peter —dijo.
Y se adelantó caminando rápidamente.

—¡Becca, espera! —la llamé, pero ella siguió caminando. Quise seguirla, pero no podía. Tenía que averiguar cómo Anna había robado los eslóganes de Peter.

Cuando llegué a casa, estaba deprimida.

—¿Qué ocurre, cariño? —me preguntó **mi mamá** cuando entré a la sala.

Suspiré.

—Es que se enteraron de algunos de nuestros **secretos de campaña** —dije—. Y no puedo imaginarme cómo pudo ocurrir. Alguien se los debió de haber dicho a la gente de las otras campañas.

—¿Quieres decir que hubo una fuga de información? —me preguntó.

Me imaginé la **llave de agua de nuestro baño con una fuga de líquido.** Si los secretos de campaña 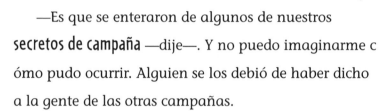 fueran agua y el comité las cañerías, entonces la llave de agua era la que había revelado el secreto.

—Tiene lógica —le dije a mamá.

—Bueno, entonces no es tan complicado —dijo ella—. ¡Solo tienes que hallar la fuga y arreglarla!

Volví a suspirar.

La llave de agua está con fugas desde hace años.

Obviamente, arreglar una fuga es más difícil
de lo que pensaba mi mamá.

Entré a la cocina y llamé a Peter.

—Tenemos que averiguar dónde fue la fuga
—le dije—. ¿Estás seguro de que no hablaste
con nadie sobre los eslóganes?

—Después de nuestra reunión, no hablé con **nadie** —me
dijo—. Ni siquiera con Adam ni Tommy.

—Pensé que no —le dije—, pero tenemos que encontrar
la fuga antes de nuestra próxima reunión. De lo contrario,
Anna va a saber todos nuestros secretos.

—Bueno, Mónica no estuvo en la reunión —dijo Peter—.
Así que queda **Nick.**

Nick no conoce a nadie de la escuela,
excepto a mí y a mis amigos. Pero igual
tenía que preguntarle.

Fui a la casa de Nick. La **Sra. Wright** abrió la puerta.

—Hola, Sra. Wright. ¿Sabe si Nick habló con alguien ayer después de haber venido a mi casa? —le pregunté—. Además de hablar con usted y con su papá.

—No —dijo la mamá de Nick—. Ni siquiera habló mucho con nosotros. Solo cantaba esas canciones tontitas, ¡sin parar!

Los eslóganes

Pero la mamá y el papá de Nick no podían ser la fuga. No conocían a ningún estudiante de la escuela intermedia.

Si Nick no fue la fuga, ¿quién fue? Me seguí preguntando camino a casa.

Cuando estaba frente a la entrada de casa, se me encendió la bombilla.

A Nick le gusta ver a mi hermano jugar videojuegos. Después de la reunión del comité de campaña, Nick había ido a la habitación de Jimmy para verlo jugar un rato. Y Jimmy conoce a Ben, el hermano mayor de Anna.

Mentalmente, uní todas las partes.

1. **Nick le cantó las canciones a Jimmy.**
2. **Jimmy debe de haber imaginado que eran canciones con eslóganes para la campaña.**

3. **Jimmy estaba enojado conmigo porque yo les había contado a mis padres que tenía una novia (aunque en realidad no la tenía).**

4. **Para vengarse, Jimmy le había pasado los eslóganes a Ben.**

5. **¡Y Ben se los pasó a Anna!**

Entré sin llamar a la habitación de Jimmy. Estaba frente a su **computadora**.

—¿Ayer tú escuchaste a Nick cantar las canciones de campaña de Peter? —le pregunté.

—No —Jimmy se dio vuelta para mirarme—. Te escuché a ti cantar las canciones de campaña de Jimmy.

Pensé que estaba BROMEANDO. Pero entonces recordé.

Nick no dejó de cantar las canciones durante la reunión. **Las canciones se me pegaron.** Estuve cantándolas toda la tarde. Y la puerta de Jimmy estaba abierta.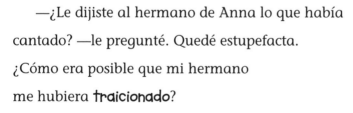

—¿Le dijiste al hermano de Anna lo que había cantado? —le pregunté. Quedé estupefacta. ¿Cómo era posible que mi hermano me hubiera **traicionado**?

—No —dijo Jimmy—. **Tú lo hiciste.**

Me quedé sin aliento.

—¿Hice eso? —susurré.

Jimmy asintió con la cabeza.

—Yo no hablé con Ben —dije.

—En cierta forma, sí lo hiciste —dijo Jimmy—.
El altoparlante de mi teléfono estaba conectado.

Jimmy y Ben hablan mientras juegan a videojuegos
en línea. Encienden los altoparlantes para tener
las manos libres para jugar.

El hermano de Anna me escuchó cantar a través
de su altoparlante.

De hecho, si Ben pudo oírme, Anna también
pudo haberlo hecho.

¡La fuga era yo!

CAPÍTULO 6

El juego de la culpa

Al día siguiente, en la escuela, me encontré con Peter en la biblioteca. Me acerqué a él y le hablé en voz baja.

—¡La fuga soy yo! ¡No dejé de cantar las canciones de Nick!

Y le conté toda la historia.

Peter comprendió.

—Yo tampoco me podía quitar las canciones de la cabeza —me dijo.

—Pero tú no las cantaste cerca del teléfono —dije.

—No —acordó—, pero tú no lo sabías.

Suspiré. Aunque había sido un error, **me sentía terrible.**

—No es tu culpa —agregó Peter.

—Sí que lo es —dije—. Además, ayer lastimé a Becca porque le pregunté si había hablado con alguien de los eslóganes. Ahora quiere abandonar el comité. Me siento HORRIBLE. No quería hacerla enojar.

—Pero Becca hace los carteles —dijo Peter.

—Ya sé —respondí. Respiré profundo. Sabía lo que debía hacer. Y continué en voz baja— **Soy una jefa de campaña terrible. Debes echarme del comité.**

Peter se rio.

—De **ninguna manera.** Estamos juntos en esto —dijo.

Me sentí realmente **aliviada** de que Peter no me culpara. Pero eso no resolvía nuestro problema.

—Le voy a **SUPLICAR** a Becca que regrese —le prometí.

—Yo te voy a ayudar —dijo—. Esta es mi campaña y si algo sale mal, también es mi culpa.

Dejamos una nota en el casillero de Becca.

Querida Becca,

Por favor, no abandones el comité de campaña. ¡Te necesitamos! Tú haces los mejores carteles. Claudia no quiso herir tus sentimientos. ¡Se siente muy mal! ¡No te vayas, Becca!

Atentamente,

Claudia y Peter

En el almuerzo, Becca se acercó a mí.

—Sé que no pensaste que yo había arruinado
la campaña de Peter a propósito —dijo—. Simplemente
ME MOLESTÓ.

—¿Entonces no vas a ABANDONAR? —pregunté.

—¡Claro que no! —dijo Becca riendo—. Tengo
más eslóganes geniales.

—¡Shhh! —dije con el dedo en los labios.
Luego susurré—. ¡No digas ni una palabra
hasta que entremos a la casita del árbol
después de la escuela!

***

Todos vinieron a la reunión excepto Adam.
Tenía práctica de fútbol americano otra vez.
Desafortunadamente, cuando llegamos, **Nick** estaba
en mi casa.

—¿Puedo hacer más carteles? —preguntó.

—Únicamente si prometes no cantar —le dijo Peter,
sonriendo.

Nick quedó **abatido**.

—¿No te gusta cómo canto? —preguntó calladamente.

—No —le contestó Peter. Le echó una sonrisa a Nick y agregó—. ¡Pero me **encantan** tus carteles!

Nick se estiró el labio inferior, pero no dio ningún pisotón. Eso quería decir que solo estaba un poco enojado.

—¿Tienes el discurso listo? —preguntó Mónica.

—¡Oh, no! —exclamó Peter—. ¡Lo olvidé por completo!

Al día siguiente se iba a realizar la asamblea especial. Todos los candidatos debían dar un discurso.

—No te asustes —le dije—. Tenemos todo el día.

—Yo te ayudo a escribir —dijo Mónica.

—También necesitarás una broma. ¿Qué tal esta? — Tommy tosió para limpiarse la garganta—. "En mi carrera para ser presidente, ¡nadie **puede alcanzarme!**".

Nick se rio. Los demás no lo hicieron. Todos estábamos preocupados por el discurso de Peter.

—Nada de bromas —dijo Peter—. No tengo un perfil DIVERTIDO.

—¿Qué quieres decir en el discurso? —preguntó Mónica.

Peter se encogió de hombros.

—Quiero que sea honesto. Y breve —contestó.

—Usa todas las razones por las que Peter debería ser presidente —dije.

—Es inteligente, pero **no es presumido** —dijo Becca.

—Y es amable con todo el mundo —agregó Mónica—.

Aunque es demasiado tímido si tiene que hablar mucho.

—**Peter es el más meticuloso** —opinó Nick.

Peter parpadeó. Luego sonrió.

—¡Eso está muy bien, Nick! —le dijo.

El eslogan de Nick era cierto. Peter era muy meticuloso. Siempre tenía sus cosas organizadas. Su **casillero** estaba ordenado y su ropa jamás tenía manchas.

—Usemos eso en los carteles nuevos —sugirió Becca.

Nick y Peter CHOCARON LOS CINCO.

Me sentí mucho mejor. El día había empezado con una campaña en crisis. Pero terminó con un eslogan **fabuloso**. Y nadie estaba enojado. Ni siquiera Nick.

¡Quizás no era una jefa de campaña tan mala!

CAPÍTULO 7

Complacencias y promesas

Antes del almuerzo del día siguiente, me detuve en la entrada de la cafetería. Había un grupo de chicos leyendo uno de los nuevos carteles de Peter.

Reporte presidencial de Peter

- [X] Inteligente
- Atractivo
- [X] Asistencia perfecta
- Castigos

¿Quién podría ser mejor presidente?

¿Un chico inteligente que siempre está presente...

o un chico atractivo que no hace nada?

Mis amigos ya estaban sentados a la mesa.

—Anna está enloquecida —susurró Becca, sonriendo—. Realmente odia el cartel sobre los "chicos atractivos".

—Tampoco le gusta la frase "Peter es el más meticuloso" —dijo Adam.

Jenny es ruda. Anna es dulce como la miel de un oso.

¡Peter presidente! ¡El más meticuloso!

—¡Qué pena por Anna! —dije—. No debió haber robado nuestras ideas originales.

Peter no dijo nada. Estaba leyendo un papel.

—¿Y bien? —preguntó Mónica.

—No puedo usar esto en mi discurso —dijo.

—¿Por qué? —preguntó Mónica—. Pensé que estaba muy bien.

—Porque hace PROMESAS que no puedo cumplir —explicó Peter—. Y **complace** a ciertos grupos.

—No sé lo que significa "complacer" —dijo Mónica.

Peter intentó explicárselo.

—Quiere decir que trato de hacer que la gente vote por mí diciendo que haré algo que los ayudará —nos dijo—.

Por ejemplo, el discurso les promete a los estudiantes de ciencias que usaré el dinero recaudado con el reciclaje de latas para comprar material para el laboratorio. Eso es complacer al club de ciencias.

Mónica parecía confundida.

—Me habías dicho que el club de ciencias necesita microscopios nuevos —dijo.

—Me postulo para presidente de todo séptimo grado —dijo Peter—. No puedo prometer cosas individualmente.

—Los otros candidatos sí lo harán —dije.

—Pero no van a cumplir sus promesas —me refutó Peter.

—Eso no importará después de la elección —dijo Tommy.

—Me importará a mí —dijo Peter—. Si gano, quiero hacerlo con honestidad.

Promesas de Peter

1. **Dar el dinero recaudado de las latas a obras de caridad**

2. **Hacer que los chicos recojan la basura**

—No ganarás votos pidiéndoles a los chicos que
trabajen —dijo Adam.

—Debes prometerles cosas divertidas —dijo
Tommy.

Peter se quedó pensando. Luego chasqueó
los dedos.

—¡**Martes de camiseta** una vez por mes! —exclamó—.
Ese día podremos usar camisetas que tengan inscripciones.

—Me gusta —dije—, pero va en contra del código
de vestimenta de la escuela.

—El director Paul podría probarlo —dijo Becca—.
Siempre que las camisetas no muestren cosas malas, usarlas
una vez por mes no sería algo malo.

—Sonará **BIEN** en el discurso —señaló Mónica.

—Esa es otra cosa que me preocupa —admitió Peter—.
El discurso no sonará bien si empiezo a tartamudear.

—No lo harás —dije. Aunque no estaba tan segura.
Peter tartamudea mucho, **hasta cuando habla en clase.**
¡Y ahora tenía que dar un discurso frente a todo
séptimo grado!

Peter será el mejor presidente de todos.
Siempre y cuando yo pueda lograr que lo elijan.

- 48 -

CAPÍTULO 8

El gran discurso

Peter estaba **muy nervioso** antes del discurso. Le dije
que no mirara a la muchedumbre. Eso empeoraría las cosas.

—Me voy a sentar en primera fila —le dije—,
junto a todos tus amigos. Imagina que **somos los únicos
que estamos allí.**

—Está bien —dijo Peter con un sonido
entrecortado, como el de una rana.
Sonaba **RONCO**—. Necesito más agua
—me dijo señalándose la garganta.

—Fuiste al bebedero cinco veces en diez minutos —
le dije.

—**Tengo la garganta seca** —me explicó.

—Hazlo rápido —le dije—. Los discursos están
por empezar.

Lo esperé.

Le di un abrazo y le dije que se **relajara.**

Después me senté al lado de Adam
y empecé a tomar **notas.**

Notas sobre los discursos

Anna: Vestido bonito, pelo perfecto.

Suena segura de sí misma (y falsa).

Promesas:

1. Usar $ de las latas para enviar a las porristas a competiciones estatales.

2. Pasar música durante la hora de estudio.

3. Usar el tablero de anuncios para "Novedades de moda adolescente".

Cuando Anna terminó, todos aplaudieron. Ella tenía mucho poder.

Jenny: Habla duro, sacude el puño, todos reciben "la mirada Pinski".

Promesas:

1. Usar $ de las latas de refresco para organizar una fiesta con pizza para la clase.

2. Lograr que la librería de la escuela dé papel y lápiz gratis.

3. Lograr que se den tres advertencias antes de ser castigado.

La clase celebró y silbó por Jenny.

Sabíamos que no iba a poder cumplir con nada

de eso. Pero aplaudimos porque nos estaba mirando.

Brad: ¡Luce realmente encantador!

Promesa:

I. Usar $ de las latas para comprar
cascos de fútbol americano nuevos
con el logo de la escuela.

El discurso de Brad fue breve, pero les gustó a todos

porque todos querían a Brad.

Cuando Peter salió a hablar, me empezó a doler

el estómago. Crucé los dedos y sonreí, pero Peter no me vio.

Miraba su discurso.

Tomé más notas.

Peter: Habla demasiado bajo.

El micrófono chilla. Empieza a transpirar.

Se mueve constantemente. Tartamudea.

De repente, comenzó a hablar

muy rápido. ¡Tan rápidamente que parecía que tenía miedo

de detenerse o de respirar!

Promesas:

1. Dar $ de las latas a obras de caridad.

2. Recoger la basura que haya en el predio de la escuela.

Esperé a que Peter mencionara el martes de camiseta, pero no lo hizo. Simplemente salió del escenario.

Oí risas y susurros. Solo unos pocos aplaudieron.

Todos creyeron que Peter se había ido porque estaba asustado.

Yo estaba segura de que había ido al **baño**.
¡Había tomado mucha agua antes del discurso!

CAPÍTULO 9

Un fin de semana de trabajo

El sábado tuvimos otra reunión de campaña.
Yo fui la última en llegar porque estaba con Nick.

Becca se quejó.

Los padres de Nick fueron a jugar al **tenis**
—expliqué.

—Nick, qué bueno verte —dijo Peter
con una sonrisa. No estaba mintiendo. Realmente
le agradaba Nick. Y a Nick también le agradaba Peter.

—¿Dónde están Adam y Mónica? —pregunté.

—Adam tiene partido —dijo Tommy.

—Y Mónica fue a una **boda** —explicó Becca.

—¿Y para qué es esta reunión? —preguntó
Tommy—. Peter ya puso **millones de carteles** en la escuela.

—Esta es una reunión de planificación —dije—. Antes
de las elecciones del viernes va a haber dos eventos más.

—Cierto. "Conoce a los candidatos"
y el debate —dijo **Becca.**

—¿Qué es un **debate?** —preguntó Nick.

—Es como una discusión con reglas —le explicó Peter—.
No puedes gritarle a la otra persona.

—¡Ah! —dijo Nick—. Ya entiendo. ¿Es difícil?

—Los debates son fáciles —dijo Peter—.
La parte difícil es conocer a la gente.

—¿Por qué es difícil conocer a la gente? —preguntó
Nick.

—Me pongo nervioso cuando hablo con chicos
que no conozco —admitió Peter.

—¡Oh! —exclamó Nick. Se quedó pensando
seriamente por un minuto—. ¿Por qué no repartes
galletas? La gente no puede hablar cuando
MASTICA.

—No quiero **comprar los votos** —dijo Peter.

—Los otros candidatos van a repartir cosas —dije.

—Repartir galletas es **soborno** —dijo Peter—.
Simplemente repartamos **autoadhesivos
que digan "Vota por Peter".** Eso será suficiente.

No discutí. **Peter ya había decidido
lo que quería.** Y teníamos más cosas de qué hablar.

Leí mi lista.

—Va a aparecer una **entrevista** en el periódico escolar —le recordé—. El reportero te va a llamar esta noche. ¿Está bien?

Peter asintió con la cabeza.

—Hablo mejor cuando lo hago por teléfono —dijo.

Yo esperaba que fuera así. Era necesario que Peter diera una buena entrevista al *Prensa Pine Cone*. Quizás así se olvidarían de lo rápido que dio el discurso.

CAPÍTULO 10

Conoce a los candidatos

El lunes, todos los estudiantes de séptimo grado fueron a la reunión **"Conoce a los candidatos"**.

La mesa de Peter estaba en una esquina. Mónica había colgado banderines rojos, blancos y azules en el frente. Becca había apilado hojas de papel. Esas hojas tenían una lista con las promesas de campaña de Peter. Becca y yo habíamos impreso autoadhesivos de "Vota por Peter". Estaban en una canasta.

—¡Todo está fantástico! —exclamó Peter—. Me siento como un candidato de verdad.

—Eres un candidato de verdad —le dije.

—A los candidatos de verdad no se les traba la lengua cuando hablan con alguien que no sea su amigo —dijo Peter.

—Yo estaré contigo para ayudarte —le prometí. Siempre y cuando no se acercara Brad Turino, yo iba a estar bien. Porque si tenía que hablar con él, también se me iba a trabar la lengua.

Adam se acercó.

—No me puedo quedar mucho tiempo —nos dijo—. Tengo práctica. Pero quería desearte buena suerte, Peter.

—Vamos a necesitarla —dijo Tommy. Se veía melancólico—. Los volantes y las bromas no pueden competir con los pastelillos de chocolate de Anna.

—Jenny está repartiendo GOMA DE MASCAR ácida —dijo Adam. Y tomó una que tenía en el bolsillo—. Me encantan.

—Brad está repartiendo **fotos de él firmadas** —dijo Mónica.

—¿En serio? —suspiré.

Mónica asintió con la cabeza.

—Todas las chicas están haciendo fila —dijo.

Tenía que ir a la mesa de Brad antes de que se acabaran las fotos, pero **no podía irme**. Era la jefa de campaña de Peter. Él necesitaba mi **apoyo**, sobre todo para hablar con la gente sin tartamudear.

Pasaron treinta minutos y solo se habían acercado tres chicos a la mesa de Peter.

—¿Me darías un **puñetazo** si no voto por ti? —le preguntó Sofie Domínguez.

—No —respondió Peter.

Sofie hizo un gesto de alivio.

—Entonces mejor voto por Jenny. Solo para estar segura —dijo y se alejó.

Minutos después, Kyle jaló la camiseta de Peter. Era tan bajo que Peter tuvo que mirar hacia abajo.

—Hola, Kyle —dijo Peter, sonriente. Supongo que Kyle no le provocaba nervios—. Gracias por secundar cuando Claudia me nominó —continuó Peter—. ¿Vas a **votar por mí?**

—¿Vas a poner un **banco** cerca del bebedero del gimnasio? —preguntó Kyle—. Los chicos bajos no llegan al bebedero.

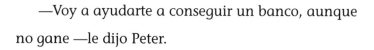

—Voy a ayudarte a conseguir un banco, aunque no gane —le dijo Peter.

Kyle le dio una amplia sonrisa. También me hizo sonreír a mí. Peter tenía que ser elegido. No había dudas de que era el mejor chico para ese trabajo.

—Se supone que debo estar espiando para informarle a Jenny —dijo Kristin cuando se acercó a nuestra mesa. Se hizo un rulo en la coleta del pelo—. Pero creo que tú serías mejor presidente, Peter.

Peter se SONROJÓ.

—Ah… bueno… eh… Gracias —balbuceó.

No se acercó nadie más.

—Voy a repartir volantes —dijo Becca. Tommy la acompañó. Adam ya se había ido a la práctica.

—Claudia, tú y Peter deben salir a caminar —dijo Mónica—. Yo me quedaré en la mesa.

Nos acercamos a varios grupos de chicos. La conversación siempre resultaba así:

1. **Yo presentaba a Peter.**

2. **Peter balbuceaba algo.**

3. **Yo les contaba a los chicos sobre los martes de camiseta.**

4. **Peter se sonrojaba.**

5. **Yo ofrecía autoadhesivos de "Vota por Peter".**

6. **Casi todos los chicos ya tenían los prendedores de la campaña de Anna. No querían usar autoadhesivos.**

7. **Peter balbuceaba algo más.**

8. **Pasábamos al siguiente grupo.**

—No creo que esto funcione —dijo Peter.

—¡Peter, tienes que RELAJARTE! —le dije por lo bajo—. Sonríe. Diviértete. Estos chicos no muerden.

En eso oí la voz de **Brad Turino.**

¡Me estaba hablando a mí!

—Claudia, ¿quieres una foto? —me preguntó.

Sentía las piernas como si fueran de **gelatina.** Me tambaleé. Intenté decir que sí.

Pero en cambio, solo produje un sonido chillón.

—Guardé uno para ti —dijo Brad y sacó una foto.

Tenía una sonrisa deslumbrante.

Me quedé paralizada. ¡Y después me dio **HIPO!**

Peter me echó una mirada graciosa. Luego tomó la foto de Brad y me la dio.

—Toma, Claudia.

HIC. HIC. Traté de sonreír, pero seguía con hipo.

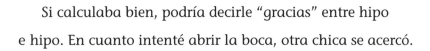

¡Tenía que decir algo!

HIC. HIC.

Si calculaba bien, podría decirle "gracias" entre hipo e hipo. En cuanto intenté abrir la boca, otra chica se acercó.

—¿Quieres una foto? —le preguntó Brad.

¡HIC!

El hipo era realmente fuerte.

Me sonrojé y salí corriendo.

Tenía ganas de llorar. Peter me siguió y me detuvo. Me sonrió amablemente y dijo.

—Claudia, no te molestes. No ocurrió ningún desastre.

No, era peor. ¡Me había comportado como una verdadera idiota frente a Brad Turino! Era una catástrofe. ¡Y eso era mucho peor que un desastre!

—Ya no estoy nervioso —dijo Peter.

—¡Qué bueno! —pude decirle entre hipo e hipo.

Miré alrededor de la cafetería. Era demasiado tarde.

Todos los estudiantes se habían ido.

"Conoce a los candidatos" había terminado.

CAPÍTULO 11

Política sucia

El martes por la mañana salió la nueva edición de *Prensa Pine Cone*. Quise leer la entrevista a Peter inmediatamente. En la biblioteca había una pila de periódicos. En la primera página aparecían las entrevistas a todos los candidatos.

La primera era la de Anna.

Reportero: ¿Por qué crees que serías la mejor presidente de clase?

Anna: Si el presidente luce bien, todo séptimo grado lucirá bien. ¡Y yo luzco fabulosa todo el tiempo! No como las otras chicas que se postulan para presidente.

Reportero: ¿Y qué me puedes decir del trabajo de presidente?

Anna: Un presidente debe tomar decisiones. Brad juega muy bien en equipo, pero sigue las órdenes de su entrenador. Él no da órdenes. ¡Y a mí me va muy bien haciendo eso!

Reportero: ¿Deseas agregar algo más?

Anna: No tengo miedo de hablar. Peter apenas puede hablar con los demás.

Se me saltaron los ojos de la SORPRESA. No tanto como en las caricaturas, pero casi.

Los comentarios de Anna eran maliciosos, pero no eran mentira. Peter realmente tiene problemas cuando habla con la gente.

Después, leí la entrevista a Jenny.

Reportero; ¿Por qué los estudiantes de séptimo grado deberían elegirte?

Jenny: Un presidente debe ser duro. Yo soy dura.

Reportero: ¿Qué otra cosa se necesita para ser buen presidente?

Jenny: Te digo lo que se necesita para ser un mal presidente. Anna es demasiado presumida. Brad está demasiado ocupado. Y Peter es un pusilánime.

¡Jenny estaba haciendo quedar a Peter como un DEBILUCHO!

Eso era totalmente injusto. Y además no era verdad.

A Peter no le gustaba pelear por cosas que no eran importantes.

—¿Qué ocurre? —me preguntó Mónica, que estaba sentada a mi lado.

—Lee esto —le di otro periódico.

Luego leí la entrevista a Brad.

Reportero: ¿Por qué deberías ser presidente?

Brad: Un presidente no puede conseguir nada si no le agrada a la gente. Y yo les agrado a todos.

Reportero: ¿A los chicos no les gustan los otros candidatos?

Brad: Anna se olvidará de la gente de su comité una vez que termine la elección. A Jenny todos le tienen miedo. Peter es tan inteligente que hace sentir a los demás que son estúpidos, aunque no sea su intención.

Reportero: ¿Qué puedes decirnos del fútbol americano? Los Pumas te necesitan para ganar.

Brad: Si soy electo, prometo no perder ninguna práctica.

No podía creerlo. Brad había insultado a Peter.

¿Eso significaba que ya no me tenía que gustar **Brad?**

¿Me convertiría en una mala amiga si me siguiera gustando Brad?

No quise pensar en eso, así que leí la entrevista de Peter.

Reportero: ¿Por qué serías un buen presidente?

Peter: Soy inteligente. Siempre estoy presente y trabajo duro.

Reportero: ¿Crees que los otros candidatos son estúpidos y haraganes?

Peter: No, para nada. Solo sé que tengo cualidades y destrezas que me harían un buen presidente de la clase.

Reportero: ¿Deseas agregar algo más?

Peter: No.

Eso estaba bien. Peter no dijo nada que pudiera usarse en su contra.

En ese momento, Peter entró y tomó un periódico.

—¿Qué tal salió? —preguntó—. ¿Está mal? ¡Dije algo malo?

—No —respondió Mónica—. No hablaste mal de nadie.

—Pero todos dijeron **cosas malas** de ti —dije en voz alta—. Absolutamente todos.

La bibliotecaria me miró, pero no me importó. Yo estaba **ENOJADA.**

—En el debate tienes que probar que están equivocados —le dije a Peter.

—¿Frente a todos? —preguntó. Estaba **aterrorizado.**

—Es la única manera de que ganes —dije.

VOTA

☐ GANAR
☐ PERDER

CAPÍTULO 12

El debate

El miércoles por la tarde era el día del debate.

Todos nos juntamos en el auditorio.

—Dan hará las preguntas —explicó

el **director Paul.**

Dan Carter era el estudiante editor

de *Prensa Pine Cone*. Estaba sentado al frente del escenario.

Los candidatos estaban sentados en medio,

de cara a Dan y al público.

—Espero que esta vez Peter no **salga corriendo**

del escenario —dijo Adam.

—No lo hará —dije.

A veces, un jefe de campaña debe ser **DURO.**

Le había dicho a Peter que ese día no podía beber nada.

Eso resolvía el problema de ir al baño. Pero no pude hacer

nada para controlar los nervios de Peter.

Peter se cruzaba y descruzaba de piernas,

una y otra vez. Se golpeteaba las rodillas

con los dedos. Su cara estaba **transpirada.**

Dan sopló cerca del micrófono. Luego comenzó.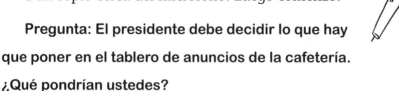

Pregunta: El presidente debe decidir lo que hay que poner en el tablero de anuncios de la cafetería. ¿Qué pondrían ustedes?

Anna: Yo pondría imágenes con novedades de moda adolescente.

Jenny: No me importa el tablero de anuncios.

Brad: No podemos olvidarnos de las imágenes deportivas.

Peter: Estoy de acuerdo con Brad.

La voz de Peter sonó QUEBRADA. Escuché a algunas chicas que se reían. Peter tosió.

Ahí me di cuenta qué era lo que andaba mal.

¡Tenía la garganta demasiado seca porque no lo había dejado beber nada!

Había resuelto un problema y creado otro.

El director Paul le alcanzó un vaso de agua. Peter le dio un sorbo y volvió a intentar.

Peter: Como decía, estoy de acuerdo con Brad. Cada club y equipo deportivo debe tener la oportunidad de usar el tablero de anuncios. Es algo justo.

Pregunta: Uno de los candidatos piensa que la librería de la escuela debe dar papel y lápices gratis a los estudiantes. ¿Qué opinan?

Jenny: ¡Creo que es una muy buena idea!

Anna: La librería de la escuela debería vender peines y pastillas de menta. Y también maquillaje.

Brad: También debería vender gorras con el logo de la escuela.

Peter: La idea de dar cosas gratis es atractiva, pero no funcionaría. El papel y los lápices cuestan dinero. Alguien tiene que pagarlos.

El público contuvo el aliento. Peter acababa de destruir la idea de Jenny. ¡Y frente a todos!

Empecé a preocuparme.

¿Y si Jenny **pisoteaba** a Peter antes de la elección?

Dan pasó al punto siguiente.

Pregunta: Como presidente, ¿qué lugar de participación les dejarían a los estudiantes?

Jenny: ¡Mejor que hagan lo que yo les diga!

Anna: Nadie rechaza las ideas de la chica más popular de la clase. Además, todos mis amigos quieren trabajar en proyectos que los mantengan fuera de las clases.

Brad: Los admiradores hacen cualquier cosa por su estrella de fútbol americano.

Peter: Yo no soy duro, ni popular, ni estrella. Pero trabajaré mucho. Todos tendrán que trabajar también. No voy a asignar proyectos a mis amigos solo para que se diviertan. Voy a elegir al chico apropiado para cada proyecto.

Yo me hundí aun más en mi asiento. Peter no intentaba perder. Estaba siendo honesto. Pero con la honestidad no se ganan votos. Peter podría quedar en el último lugar, ¡detrás de Jenny Pinski!

Pero no me rendí. Peter no había perdido las elecciones todavía.

Después de la escuela, organicé una reunión de emergencia con el comité de campaña.

CAPÍTULO 13

Consejos y acciones

Cuando estaba llegando a casa, el Sr. Gómez me llamó.

—¡Buenas tardes, Claudia!

El Sr. Gómez vive enfrente de casa. Él y su esposa son como mis abuelos. Sabía que **podía contarle** lo que estaba ocurriendo.

—¿Qué problema tienes? —me preguntó—. Pareces triste.

Le conté los problemas de Peter.

Cuando terminé con toda la historia, dije:

—Él sería el mejor presidente de clase, pero todos van a votar por Brad, Jenny o Anna. **Por razones estúpidas.**

—Los votantes no siempre dicen lo que realmente piensan —dijo el Sr. Gómez—. Es posible que Peter tenga muchos votos y **que tú no lo sepas.**

No quería hacerme ilusiones, pero el Sr. Gómez tenía razón. Nadie le iba a confesar a Jenny o a Anna que iban a votar por otra persona.

—Gracias, Sr. Gómez —le dije. Me sentía
un poco mejor—. Hasta luego.

Cuando crucé la calle, vi a **Nick** en el jardín de su casa.
Su mamá estaba adentro. Yo no tenía que cuidarlo,
pero igualmente lo invité a la reunión.

—¿Quieres venir a mi casa y ayudar a Peter? —le
pregunté.

—¡Claro! —dijo—. Peter me trata como a **un chico grande**.

Todos vinieron a la casita del árbol. Hasta Adam.

—Le dije al entrenador que tenía que ayudar a Peter —
explicó Adam—. **Los amigos son más importantes
que el fútbol americano.**

—Gracias, Adam —dijo Peter—. Pero deberías ir
a la práctica para que no te echen del equipo. Mi campaña
es un **CASO PERDIDO.**

—¿Cómo? —preguntó Nick.

—No hice un buen trabajo diciéndole a la gente por qué
debe votar por mí —explicó Peter.

—Yo se los diré —dijo **Nick**—. Dame sus números
de teléfono.

—Nick, ¡eres un 𝔾𝔼ℕℐ𝔒! —exclamé—.
Llamar a la gente es una idea fantástica.

—Una llamada a último minuto podrá decirle
a la gente las ideas que tiene Peter —dijo Mónica.

—Exacto —dije—. Nuestra campaña no termina
hasta que empiecen las elecciones.

—¿Qué diremos? —preguntó Tommy.

—Simplemente podemos explicar las ideas que tiene
Peter y por qué deben votar por él —dijo Becca—. Creo que
cuando realmente escuchen sus ideas, querrán votar por él.

—¡Exactamente! —dije de nuevo—. **¡Estas elecciones
aún no han terminado!**

Mi mamá tenía una copia de la lista telefónica
de la escuela, así que nos la dividimos entre todos.
Yo tomé de la L a la P. Cada uno se fue a su casa
a hacer las llamadas para ayudar a Peter.

CAPÍTULO 14

El gran envión

¡Ya habíamos empezado a darle el **gran envión** a Peter!
Al día siguiente, en la escuela, nos reunimos en el casillero
de Peter. La elección iba a ser el viernes, al día siguiente.
El jueves era nuestro último día de campaña.

Peter tenía un papel firmado prendido en su camiseta.
Decía lo siguiente:

**¡Un voto por Peter es un voto por el martes
de camiseta!**

Mónica y yo teníamos más carteles
de "Vota por Peter", en caso de que alguien
quisiera llevarlos por la escuela. Becca tenía
autoadhesivos. Tommy tenía más volantes.

Los demás candidatos también trataban de conseguir
más votos. El equipo de fútbol americano (excepto Adam)
marchaba por los pasillos cantando "¡Vota por Brad!
¡Vota por Brad!". El comité de Anna repartía **bolitas
de masa**. No vi ningún cartel de Jenny.

Kyle y sus amigos llevaban carteles que decían:

¡Chicos bajos con Peter!

—Esperamos que ganes —le dijo Kyle a Peter.

—¡Un **banco** en **cada bebedero!** —dijo Peter.

Luego se fue a caminar para hablar con la gente.

Por allí había más chicos con carteles de Peter.

¡El Club Académico apoya a Peter!

¡A no rendirse! ¡A no retirarse!

¡El Club de Historia votará por Peter!

El Club de Matemáticas dice:

"Tu voto cuenta. ¡Vota por Peter Wiggins!"

Me sorprendí al ver a Sylvia. Estaba caminando (lentamente como siempre) con un cartel que decía:

¡Extrabajadores de Anna con Peter!

—**Sylvia,** ¿abandonaste el comité de Anna? —le pregunté.

—Anna es demasiado **MANDONA** —me dijo.

—¡Oh, oh! —exclamó Mónica—. Ahí vienen los **problemas.**

Miré hacia donde señaló Mónica.

Jenny venía hacia mí. Sobre el hombro tenía un cartel.

—Parece **ENOJADA** —murmuré. Estaba aterrorizada, pero me quedé allí.

Jenny se detuvo frente a mí.

—Claudia, tengo algo que decirte —gruñió.

—¿Qué? —gemí.

Entonces ocurrió algo sorprendente.

Jenny Pinski sonrió.

—Espero que Peter derrote a Anna por amplio margen —dijo Jenny. Nos mostró su cartel, que decía:

Vota por Peter.

Jenny Pinski lo hace.

—¿Ya no te postulas? —le pregunté.

—Me había postulado únicamente para que no ganara Anna —admitió Jenny—. Peter será un **gran presidente**.

Jenny se fue. Su comité de campaña
la siguió. Todos llevaban carteles de Peter.

Miré a Mónica.

—¿Crees que Peter pueda ganar? —le pregunté
en voz baja.

—Quizás —dijo Mónica—. A muchos chicos les gusta
que un chico común se haya postulado.

Peter se nos acercó apurado. Habló muy rápido.

—¡Jenny Pinski quiere que yo gane! —gritó—.
Y hay chicos que no conozco que me desearon
buena suerte. ¿Ven todos esos carteles de Peter?

—La verdad que es estupendo —dije.

—Muchas gracias, Claudia —me dijo **Peter**—.
No puedo creer que haya tantos chicos apoyándome.
No soy un perdedor, aunque pierda las elecciones.

Pero yo quería que ganara.

***

El viernes por la mañana, los amigos de Peter
se reunieron en la puerta del salón de clases general.

—Ya está. Hoy es el día de elecciones —dije.

Tommy le dio una palmada en la espalda a Peter.

—Hoy eres el Peter común, pero el lunes podrás ser el **presidente Peter.**

Peter sonrió. —No importa lo que pase, nunca voy a olvidar todo lo que hicieron —nos dijo—. **Ha sido espectacular.**

—¿Entonces no estás arrepentido de haberte postulado? —le pregunté.

—¡No! —contestó riendo—. Tengo muchos amigos nuevos.

—Pero no te olvides de los viejos —bromeó Adam.

—Para nada —dijo Peter.

Cuando la Srta. Stark entró al salón de clases y dijo que era hora de votar, yo me sentía **FANTÁSTICA.** Y me sentí mucho mejor cuando **voté por Peter.**

CAPÍTULO 15

P.D.

Las elecciones resultaron como todos esperaban:

Los atletas votaron por Brad. Los populares votaron por Anna. Los demás votaron por Peter.
¡Y los demás significan un montón de votos!

Hay más chicos comunes que porristas. Y hay más chicos comunes que atletas. Como todos esos chicos comunes votaron por Peter, ¡él GANÓ!

—¿Cómo se sentían los otros candidatos después de haber perdido?

Brad se sentía aliviado. Realmente estaba demasiado ocupado como para ser presidente. ¡Anna estaba avergonzada porque Peter le había ganado por mucha ventaja! Jenny estaba entusiasmada con el triunfo de Peter. Y estaba entusiasmada con la vergüenza que estaba pasando Anna.

Ah, y Adam no fue expulsado del equipo de fútbol americano por faltar a una práctica con la excusa de venir a la reunión del comité de campaña. Su entrenador estaba orgulloso de que hubiera trabajado en la campaña de Peter.

El entrenador dijo **"La democracia no funciona a menos que la gente trabaje por la democracia"**.

Sobre la autora

Diana G. Gallagher vive en Florida con su esposo, cinco perros, cuatro gatos y un loro parlanchín. Sus pasamientos son la jardinería, las ventas de garaje y sus nietos. Fue instructora de equitación inglesa, música folk profesional y pintora. Sin embargo, desde los seis años aspiraba a ser escritora profesional. Escribió numerosos libros para niños y jóvenes.

Sobre el ilustrador

Brann Garvey vive en Minneapolis, Minnesota, con Keegan, su esposa; Lola, su perra; e Iggy, su gato gordo. Brann se graduó en Iowa State University con una licenciatura en bellas artes. Luego estudió ilustración en Minneapolis College of Art. Pasa su tiempo libre con amigos y parientes. Adondequiera que vaya, siempre lleva consigo su cuaderno de bocetos.

Glosario

campaña plan para ganar una elección

candidato persona que se postula para una elección

catástrofe desastre terrible

comité personas que trabajan juntas

complacer hacer algo solo para que alguien se sienta contento

debate discusión entre personas que tienen diferentes puntos de vista

democracia sistema de gobierno en el que la gente elige a sus líderes

elección sistema para elegir a alguien o decidir algo por medio del voto

eslogan frases o lemas usados para mostrar objetivos y creencias

nominar sugerir a alguien como la persona correcta para hacer un trabajo

sede lugar donde se reúne una organización

soborno ofrecimiento de dinero o regalos para que alguien haga lo que uno quiere

Preguntas para el debate

1. ¿Por qué Claudia piensa que Peter sería
   un buen candidato para presidente?

2. ¿Por qué crees que Peter no quería que sus amigos
   secundaran su nominación?

3. ¿Quién tuvo la culpa de que Anna robara
   los eslóganes de la campaña de Peter para sus carteles?
   ¿Por qué?

Instrucciones para escribir

1. Si te postularas para presidente de la clase,
   ¿qué prometerías? Explica tus respuestas.

2. Si fueras a la escuela de Claudia, ¿por qué candidato
   habrías votado? ¿Por Jenny, Peter, Brad o Anna?
   ¿Por qué?

3. ¿Hay en tu escuela presidentes de clase?
   ¿Cómo se eligen? ¿Estás de acuerdo con la forma
   en que son elegidos?

Claudia Cristina Cortez

Como cualquier chica de trece años, Claudia Cristina Cortez tiene una vida complicada. Ya sea que esté estudiando para un concurso de preguntas, cuidando a su vecinito Nick, evitando encontrarse con la matona Jenny Pinski, planeando el baile de séptimo grado o intentando desesperadamente pasar un examen de natación en el campamento de verano, Claudia enfrenta su complicada vida con seguridad, astucia y un toque de genialidad.